Schulau

1. Lesestufe
Auf geht's ins
Lese-Abenteuer!

Leserabe

1. Lesestufe

Katja Königsberg

Der verhexte Schulranzen

Mit Bildern von Stephan Pricken

Mildenberger Verlag
Ravensburger

Bibliografische Information der Deutschen Nationalbibliothek:

Die Deutsche Nationalbibliothek verzeichnet diese Publikation
in der Deutschen Nationalbibliografie.
Detaillierte bibliografische Daten sind im Internet
über http://dnb.d-nb.de abrufbar.

FSC
www.fsc.org
MIX
Papier aus verantwortungsvollen Quellen
FSC® C111262

14 16 18 17 15

Ravensburger Leserabe

Umschlagbild: Stephan Pricken
Umschlagkonzeption: Sabine Reddig

Printed in Germany
ISBN 978-3-619-14341-2
(für die gebundene Ausgabe im Mildenberger Verlag)
ISBN 978-3-473-38534-8
(für die broschierte Ausgabe im Ravensburger Verlag)

www.mildenberger-verlag.de
www.ravensburger.de
www.leserabe.de

Inhalt

Das fremde Mädchen

Marie ist auf dem Weg zur Schule.
Sie trödelt ein bisschen.
Ihr Ranzen ist schwer.

Jetzt kommt sie an die große Kreuzung.

Die Ampel zeigt Rot.

Die Autos sausen vorbei.

Neben Marie steht ein anderes Mädchen
in einem langen, bunten Kleid.
Es trägt weder Strümpfe noch Schuhe.

Will das Mädchen auch zur Schule?
Ach nein, es hat ja gar keinen Ranzen!
Es hat nur einen großen Korb
voll schöner Blumen am Arm.

Marie mustert das Mädchen.
Das Mädchen mustert Marie.

Die Ampel zeigt immer noch Rot.
Trotzdem rennt das Mädchen los.
Marie packt es am Arm und ruft:
„He, spinnst du? Bleib stehen!“

Ein blaues Auto saust hupend vorbei.
Der Fahrer schimpft durch das Fenster.
Beinahe wäre das fremde Mädchen
unter die Räder gekommen!

Jetzt lacht es erleichtert
und schüttelt Marie dankbar die Hand.

Die Ampel zeigt endlich Grün.
Marie und das fremde Mädchen
gehen Hand in Hand über die Straße.

Auf der anderen Seite sagt Marie:
„Tschüss, du! Ich muss in die Schule.“
„Ich weiß“, sagt das Mädchen
und lächelt Marie freundlich an.

Es nimmt eine Blume aus seinem Korb
und berührt damit Maries Ranzen.

Dann hüpft es eilig davon.
Es winkt noch einmal und ruft:
„Tschüss, Marie!
Viel Spaß in der Schule!“

Marie blickt erstaunt hinter ihm her.
Woher wusste das fremde Mädchen
denn bloß ihren Namen?

Eine tolle Überraschung

Jetzt muss sich Marie aber beeilen.
Sie will nicht zu spät kommen.

Sie flitzt nur so an den Häusern entlang.
Ihr Ranzen hüpft und rappelt.
Ihr Herz klopft laut.

Endlich – da ist die Schule!
Doch oh weh, der Hof ist leer und still!
Kein einziges Kind ist mehr zu sehen.

Schnell springt Marie die Treppe hinauf
und rennt den langen Flur entlang.

Sie reißt heftig die Tür auf.
Alle Kinder gucken sie neugierig an.
Die Lehrerin steht an der Tafel
und dreht sich kopfschüttelnd um.

Dann sagt sie:
„Schnell auf deinen Platz, Marie!
Und nimm gleich das Schreibheft
aus deinem Ranzen!“

Marie ist sehr froh,
dass Frau Braun nicht schimpft.
Sie setzt sich und öffnet den Ranzen.
Aber wo sind denn bloß ihre Hefte?
Und wo sind ihre Bücher?

Oh Schreck!
Aus Maries Ranzen
springen lauter grasgrüne Frösche!
Die grasgrünen Frösche hüpfen vergnügt
über sämtliche Tische und Bänke.

Marie ist vor Schreck wie erstarrt.
Aber die anderen lachen und schreien
und jagen den Fröschen hinterher.

Frau Braun ringt die Hände und ruft:
„Das kann doch nicht wahr sein!
Wo kommen denn nur die Frösche her?“

Marie gibt keine Antwort.
Sie blickt stumm auf den Tisch.
Die Lehrerin macht alle Fenster auf.
Da hüpfen die Frösche quakend hinaus.

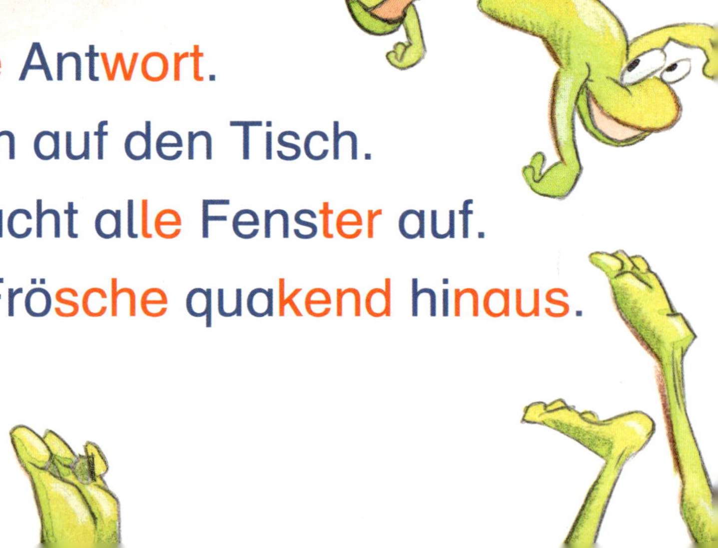

Frau Braun atmet auf und sagt:
„So, Kinder, jetzt wollen wir lesen.
Nehmt schnell eure Bücher heraus!“

Marie greift zögernd nach ihrem Ranzen.
Sie hat so ein komisches Gefühl.

Und wirklich –
aus dem Ranzen klettern jetzt
lauter kleine graue Mäuse.
Es sind bestimmt hundert oder mehr!

Die kleinen grauen Mäuse sind süß.
Sie haben schwarze Augen
und rosige Schwänze.

Die Kinder sind ganz begeistert.
Doch Frau Braun reißt nun die Tür auf.
Da huschen die Mäuse hinaus.

Die Lehrerin ist sichtlich erleichtert.
Sie sagt: „Jetzt wollen wir rechnen.
Nehmt schnell eure Hefte heraus!“

Marie sieht ihren Ranzen besorgt an.
Die anderen Kinder gucken herüber
und platzen beinahe vor Neugier.

Und was kommt jetzt?

Endlich fasst sich Marie ein Herz
und macht vorsichtig den Ranzen auf.

Die Klasse jubelt laut wie noch nie.
Aus dem Ranzen kommen diesmal
nämlich viele, viele bunte Bonbons.
Die wirbeln nur so durch die Klasse.

Alle rennen herum und fangen sie auf.
Sogar die Lehrerin macht eifrig mit.
Anscheinend findet sie Bonbons
besser als Frösche und Mäuse.

Zum Schluss lacht sie und sagt:
„Also los, jetzt essen wir Bonbons!
Bedanken könnt ihr euch bei Marie
und ihrem verhexten Ranzen!“

„Au ja!“, rufen die Kinder begeistert.
Marie lächelt still vor sich hin.
Sie weiß, wer den Ranzen verhext hat.

Als kein einziges Bonbon mehr da ist,
klingelt es. Das kommt ja gut aus!
Alle packen zusammen
und rennen hinaus.

Marie hüpft vergnügt am Zaun entlang.
Der Ranzen auf ihrem Rücken hüpft mit.
So hüpfen sie bis zur großen Kreuzung.

Na so was! An der Ampel steht wieder
das Mädchen im langen, bunten Kleid,
das Mädchen ohne Strümpfe und Schuhe!
Aber sein Korb ist jetzt leer.

„Hallo, liebe Marie!“, sagt das Mädchen.
„Wie war’s denn heute in der Schule?“

Marie sagt: „Oh, wirklich sehr lustig.
Ich glaube, du weißt schon warum!“

Beide warten, bis die Ampel Grün zeigt.
Dann gehen sie genau wie am Morgen
Hand in Hand über die Straße.

Das Mädchen pfeift auf zwei Fingern.
Da fliegt blitzschnell ein Besen herbei.
Ein spitzer Hut fliegt hinter ihm her.

Sofort setzt das Mädchen den Hut auf
und springt schnell auf den Besen.
Dann ruft es: „Tschüss, liebe Marie!“,
und braust wie der Wind davon.

Marie winkt ihm nach und ruft:
„Vielen Dank, liebe Hexe!
Ich hoffe, wir sehen uns wieder!“

Katja Königsberg war nach ihrem Studium der Germanistik, Anglistik und Kunstgeschichte für verschiedene Verlage tätig. Nach der Geburt ihres Sohnes Leon schrieb sie mehrere Bände für den Leseraben, u. a. die Bücher von „Benjamin Katz“ und „Das Gespenst auf dem Dachboden“. Sie lebt in Köln und arbeitet für einen Hörbuchverlag.

Eigentlich wollte **Stephan Pricken** Lehrer werden, aber dann hat er es sich doch anders überlegt und an der Fachhochschule Münster Grafikdesign studiert. Seit 2004 ist er als freier Illustrator tätig, „Der verhexte Schulranzen“ ist sein erstes Buch für den Leseraben. Wer gerne mehr über Stephan Pricken wissen will, kann ja mal unter www.stephanpricken.de nachsehen. Dort kann man sich auch einen witzigen Stundenplan herunterladen.

Leserabe Leserätsel

Super, du hast das ganze Buch geschafft! Hast du die Geschichte ganz genau gelesen? Der Leserabe hat sich ein paar spannende Rätsel für echte Lese-Detektive ausgedacht. Mal sehen, ob du die Fragen beantworten kannst. Wenn nicht, lies einfach noch mal auf den Seiten nach. Wenn du die richtigen Antwortbuchstaben in die Kästchen auf Seite 41 eingesetzt hast, bekommst du das Lösungswort.

Fragen zur Geschichte

1. Wen trifft Marie auf dem Schulweg? (Seite 6)

A: Ein Mädchen mit bunten Schuhen.

S: Ein Mädchen mit einem bunten Kleid.

2. Was macht das fremde Mädchen mit Maries Ranzen, als sie sich verabschieden? (Seite 12)

C: Es berührt ihn mit einer Blume.

K: Es verwandelt den Ranzen in eine Blume.

3. Was passiert als Erstes, nachdem Marie ihren Ranzen geöffnet hat? (Seite 18)

H: Es springen lauter grasgrüne Frösche heraus.

B: Kleine rosarote Mäuse krabbeln heraus.

4. Wohin verschwinden die Frösche? (Seite 20)

P: Sie springen wieder in Maries Ranzen zurück.

U: Sie hüpfen zum Fenster hinaus.

5. Wie sehen die Mäuse aus, die aus Maries Ranzen klettern? (Seite 22/23)

L: Sie sind grau mit rosa Schwänzchen.

D: Sie sind rosa und haben graue Schwänze.

6. Warum jubelt plötzlich die Klasse? (Seite 26)

S: Weil Spielsachen aus dem Ranzen kommen.

B: Weil Bonbons aus dem Ranzen kommen.

7. Wie findet die Lehrerin Frau Braun es, dass jetzt Bonbons aus dem Ranzen kommen? (Seite 27)

T: Sie findet es gar nicht gut, weil man von Bonbons schlechte Zähne bekommt.

A: Sie scheint es gut zu finden, auf jeden Fall mag sie Bonbons lieber als Frösche und Mäuse.

8. Wem begegnet Marie nach der Schule? (Seite 31)

N: Sie begegnet wieder dem Mädchen ohne Strümpfe und Schuhe.

T: Sie begegnet ihrer Lehrerin Frau Braun.

9. Was passiert, als das fremde Mädchen auf den Fingern pfeift? (Seite 34)

U: Es regnet bunte Bonbons vom Himmel.

K: Ein Besen und ein spitzer Hut fliegen herbei.

Lösungswort:

1	2	3	4	5	6	7	8	9

Rabenpost

Herzlichen Glückwunsch!

Du hast das ganze Buch geschafft und die Rätsel gelöst, super!!!

Jetzt ist es Zeit für die Rabenpost.
Wenn du das Lösungswort auf Seite 41 herausgefunden hast, kannst du tolle Preise gewinnen, aber bitte frage vorher deine Eltern, ob du mitmachen darfst!

Das Lösungswort kannst du auf der Website eingeben: ▶ www.leserabe.de

oder schick es mit der Post an:

* Wir verwenden die Daten der Einsender nur für das Gewinnspiel und nicht für weitere Zwecke. Alle weiteren Informationen zum Datenschutz und über unser Gewinnspiel findet ihr unter **www.leserabe.de**.

Leichter lesen lernen mit der Silbenmethode

Durch die Kennzeichnung der einzelnen Silben in Rot und Blau lernen Kinder leichter lesen. Das gelingt so:

- Die einzelnen Wörter werden in Buchstabengruppen aufgeteilt. Diese kleinen Gruppen sind leichter zu erfassen als das ganze Wort.
- Die Buchstabengruppen sind ganz besondere Einheiten: Sie zeigen die **Sprech-Silben** an, den Schlüssel, um ein Wort richtig lesen und verstehen zu können.

Zum Beispiel können bei dem Wort „Giraffe“ auch die ersten drei Buchstaben „Gir“ als Gruppe gelesen werden: Gir - af - fe. Das könnte dann der Name einer besonderen Affenart sein.

Mit den farbigen Silben dagegen werden sofort die richtigen Buchstabengruppen erkannt: **Giraffe**. Beim Lesen ergibt sich automatisch der richtige Sinn: Es ist das Tier mit dem langen Hals gemeint.

Dadurch lesen alle Leseanfänger leichter und besser – und auch die nicht so starken Leser können schneller Erfolge erzielen.

Die farbigen Silben helfen aber nicht nur beim Lesen, sondern auch bei der **Rechtschreibung**. Der Leseanfänger nimmt von Anfang an die Silbengliederung der Wörter wahr – und kann so die richtige Schreibweise ableiten.

Die original Mildenberger Silbenmethode wird seit über einem Jahrzehnt an vielen Grundschulen unterrichtet und führt bei Kindern nachweislich zu schnellerem Leseerfolg.

Weitere Informationen zur Silbenmethode auf:
www.silbenmethode.de

Leserabe

Leichter lesen lernen mit der Silbenmethode

ISBN 978-3-473-**38573**-7*
ISBN 978-3-619-**14440**-2**

ISBN 978-3-473-**38563**-8*
ISBN 978-3-619-**14473**-0**

ISBN 978-3-473-**38566**-9*
ISBN 978-3-619-**14474**-7**

ISBN 978-3-473-**38576**-8*
ISBN 978-3-619-**14442**-6**

ISBN 978-3-473-**38552**-2*
ISBN 978-3-619-**14443**-3**

ISBN 978-3-473-**38095**-4*
ISBN 978-3-619-**14448**-8**

ISBN 978-3-473-**38577**-5*
ISBN 978-3-619-**14449**-5**

ISBN 978-3-473-**38575**-1*
ISBN 978-3-619-**14446**-4**

ISBN 978-3-473-**38570**-6*
ISBN 978-3-619-**14483**-9**

ISBN 978-3-473-**38569**-0*
ISBN 978-3-619-**14482**-2**

Mildenberger

Ravensburger

ERZ_15_028

www.ravensburger.de / www.mildenberger-verlag.de

** **Gebundene Ausgabe** bei Mildenberger * **Broschierte Ausgabe** bei Ravensburger